給 孩 子 的 第 一 本 經 典

Die Leiden des jungen Werther

少年維特的煩惱

導讀

少年的煩惱，來自何方？

《少年維特的煩惱》是德國大文豪約翰・沃夫岡・歌德（一七四九～一八三二）最廣為人知的作品之一，不僅成為全世界暢銷書籍，對當代及後世的影響更是極為深遠。

歌德是一位偉大的作家及詩人，他一生中的創作極為豐富，為世人留下大量的詩歌，以及戲劇、小說、散文等各種體裁的文學作品。

歌德所處的時代使他深刻體會到人類生活與命運的嚴酷，而他一生的愛情經歷也極為豐富，每一次戀愛都讓他創造出優美、動人的詩篇。唯有一次，令他想愛卻不能愛、悲痛欲絕，再加上看見周遭友人在感情經

Die Leiden des jungen Werther

歷上的悲苦，促使他後來寫出震驚歐洲文壇的書信體小說──《少年維特的煩惱》。

這本書並不只是一齣個人的愛情悲劇，它的價值更在於「表現了一個時代的煩惱、苦悶和憧憬」。當時，歐洲的「啟蒙運動」已深入人心，同時，德國的「狂飆運動」也在興起，它們提倡回歸自然，打破階級界線，追求個人的平等、自由和全面發展。在這樣的時代背景下，《少年維特的煩惱》反映出了年輕一代對抗社會現實時的矛盾與軟弱，以及理想破滅後的悲劇結局。

歌德晚年時曾經對他的祕書說，《少年維特的煩惱》是他用自己的心血哺育出來的，它包含了大量出自自我心靈的東西，以及大量的情感和思想，而這些足夠寫一部比它長十倍的小說。由此可見，在德國和歐洲文學發展史上，《少年維特的煩惱》奠定了一個重要的里程碑！

人物介紹

威廉

維特無所不談的好友，雖然相隔兩地，兩人經常書信往來。

維特

一個性格坦率、情感細膩的年輕人。他熱愛大自然，崇尚單純，才華洋溢，追求情感的自由。

夏綠蒂

出身鄉村法官家庭的夏綠蒂格外理智與冷靜。因為母親很早就去世了，身為家中的長女，她必須幫忙撫養、照顧幼小的弟妹。

阿爾伯特

夏綠蒂的丈夫，個性一板一眼。

夏綠蒂的弟弟、妹妹
一群純真又善良的孩子，喜歡和維特相處。
法官
夏綠蒂的父親，視維特如兒子，待人親切、善良。

CONTENTS

目錄

少年維特
的煩惱
Die Leiden des jungen Werther

第1章
開始
新的生活
Die Leiden Des Jungen Werther

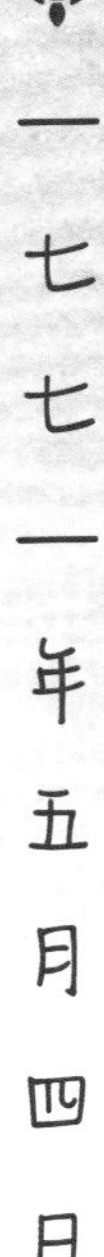

一七七一年五月四日

真的很高興，我終於離開了！雖然這讓我和你難捨難分，不過，我知道身為摯友的你會原諒我。

親愛的朋友，我絕對不會再像過去那樣，總是把痛苦放在心裡反覆咀嚼。我會及時享受生活，過去的就讓它永遠過去吧，那麼，人世間的痛苦也就會少一些。

還有，請轉告我的母親，我已經見到姑媽，她並不像我們以為的那樣刁鑽、刻薄，而是一位熱心、坦率的夫人。對於她扣下部分遺產而不加以分配的事，她耐心的解釋了這麼做的理由，以及要她交出全部遺產的條件；也就是說，她所要給予我們的，將比我們要求的多得多……請我的母親不必擔心。唉，我發現，在這個世界上，誤解與成

見往往會造成更大的錯誤。

這裡的城市並不舒適，但郊外的自然景色卻很美麗，就像人間仙境一樣。每一株樹、每一排籬笆上，都有繁花盛開，幽靜的環境治療了我內心的創傷，而明媚的春光讓我寒冷的心感到溫暖。

五月十日

一種奇妙的歡喜充滿著我的心靈，就像置身在春天清爽的早晨，令人感到甜蜜。我獨自享受著生活的樂趣，眼前的一切是多麼幸福啊！

我完全沉浸在寧靜生活的感受之中，根本無心作畫。每當明亮的太陽懸掛在樹梢，將光芒照射進幽暗的樹林深處時，在水花飛濺的山泉溪畔，我躺臥在茂密的綠草叢中，細心觀察著大地上的千百種小草，

感覺到莖葉之間那個熙熙攘攘的小小世界，此刻，自然萬物與我的心貼得更近了。

我常常會有一種急切的渴望：如果我能將這些栩栩如生、溫暖的活在我心中的大自然景象，一口氣吹到畫布上，那該有多好啊！

五月十五日

這裡的村民已經認識並且喜歡上我了，特別是那些孩子。剛開始，我主動去接近他們，友好的與他們聊天，有幾個人卻以為我是在跟他們開玩笑，態度不是很好，但是我並不生氣。

自從來到這裡，我對一種現象倒是有了深刻的體會，那就是：一些有地位的人總是對平民擺出冷淡、疏遠的態度，似乎接近平民會損

害他們什麼。我很清楚自己與他們不是同一類人，而且也不可能是。在我看來，如果有人認為，遠離所謂的「下等人」才能保持尊嚴，那他的想法還真是可笑。

五月十七日

你問起，這裡的人怎麼樣？我只能告訴你，他們和別的地方的人一樣，為了生活，大多數人不得不在忙碌中度過，但他們滿善良的，我時常和他們一起在豐盛的宴席上開心暢飲、聊天，或是參加郊遊、舞會，這些都讓我的心情得以放鬆和舒緩。

只是，偶而我也會想起自己還有許多才能沒辦法施展，整個人就像要發霉似的，每當想到這一點，我的心就會感到一陣難過，但我也

毫無辦法，因為這是我的命運！

噢，我又想起我的愛人永遠離開人間了，每當想起她，我就不禁淚流滿面。我想念她那顆溫柔的心，曾經因為有她的相伴，我彷彿覺得自己也更有價值。但如今……唉，她年輕的生命卻先離我而去！我想，我永遠也不會忘記她那堅定的意志與耐心。

前陣子，我還認識了一位由侯爵任命的地方法官，他為人忠厚、坦誠。據說，大家見到法官和他的九個孩子一家和樂的歡樂情景，都會發自內心的替他們感到高興，尤其對他的大女兒，人們更是讚不絕口。

法官已經邀請我去他家作客，我也打算盡早前去拜訪。他們一家人住在侯爵的獵莊，離城裡大約一個半小時的路程。自從妻子去世後，城裡的家總讓他回想起往日的美好時光，陷入難以自拔的痛苦，於是

侯爵請法官舉家搬遷到獵莊居住。

先就此擱筆，下次再聊吧。

五月二十二日

人生真是如夢啊！或許，許多人也和我一樣有這般的感受。在我的心靈世界裡，周圍的一切好像都是模糊不清的，我如同生活在夢中一般，繼續對著現實的世界微笑。

威廉，我非常樂於向你承認：那些能夠像孩子一樣無憂無慮過生活的人，他們是最幸福的。小孩子可以帶著洋娃娃四處玩耍，把娃娃的衣服反反覆覆的脫掉、穿上；可以圍著媽媽藏點心的抽屜轉來轉去，如願以償後就大吃起來，然後，嘴裡被食物塞得滿滿的，並嚷嚷著：

「還要，還要！」像這樣的人才是幸福的。

我常在想，假如在這個世界上，每個人都能心安理得的生活，並以自己身為一個人而感到無比幸福，那麼，儘管人們在現實中處處受到限制，但心靈卻永遠是自由的。

五月二十六日

對我來說，只要有個安靜的角落我就滿足了，只要一間簡簡單單的小屋，其他我都不講究。在這裡，我也發現了這麼一個吸引我的地方，它的名字叫瓦爾海姆。

瓦爾海姆離城裡大約一小時路程，坐落在一個小山崗旁，景色優美，令人陶醉。我的房東是一位上了年紀的婦人，時常請我喝葡萄酒、

啤酒和咖啡。而這裡最令我滿意的是，挺立在教堂前那兩株枝繁葉茂、綠蔭濃密的高大菩提樹，我常把桌椅搬到樹下，悠閒的喝咖啡、看書。

一個風和日麗的午後，我第一次來到菩提樹下。人們都到農地工作去了，只有一個大約四歲的小男孩靜靜坐在綠蔭下，懷中還摟著一個半歲大的嬰兒，乖乖的躺在哥哥的雙腿上，正自得其樂的吮著手指。

我被眼前情景深深的迷住了，便坐在他們對面畫起來。一小時後，我完成一幅布局完美、構圖有趣的素描，完全用寫實的手法，沒有摻雜一點點個人的想法。

畫中，小小兄弟倆安靜的待在一起，身後是籬笆、倉門以及幾個破車輪。這次的經歷和感受，讓我體悟到，只有自然，才是無窮、豐富的；只有自然，才能造就真正偉大的藝術。

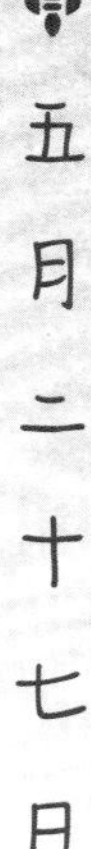

五月二十七日

瞧，我只顧發表感想，竟然忘了告訴你那兩個孩子後來的情況。

傍晚時，他們的媽媽向我們走來，還告訴我，她帶著大兒子進城買砂鍋去了。因為大兒子是個淘氣鬼，昨天把鍋子給砸爛了。

閒聊中，我得知她是一位教師的女兒，丈夫因為要繼承一位堂兄的遺產而到瑞士去了。「人家就是想騙他，」她說，「故意連信都不回，他只好親自跑一趟。唉，現在一點消息都沒有，希望別出什麼事。」

聽了這些事情，我的心情頗為沉重。離開前，我給她的孩子一人一枚硬幣，也給了她一枚，讓她下次進城時買個白麵包回來，給最小的孩子吃。

你知道嗎？每當我心煩意亂的時候，只要遇見這樣平和、善良的

人，便可以安定下來。他們往往對生活奢求不多，能夠接受命運的安排，過一天，算一天，而不會產生別的思慮。從那以後，我時常來到菩提樹下。在我喝咖啡時，孩子會得到糖吃，傍晚的時候，還會和我分享奶油麵包和優酪乳。他們都信賴我，什麼話都願意對我說，而我更是感到無比快樂。

六月十六日

你問我，為什麼那麼久不給你寫信？

嗯，我想，你應該猜得到……我過得很好，好得簡直……乾脆告訴你吧，我認識了一個人，她已經使我沒辦法想其他的事了。

她真是個可愛的人兒啊！像個天使！聰慧，又那麼單純；堅毅，

又那麼善良……

威廉呀，也許我說的這些全是沒有用的話，因為絲毫沒有描述出真實的她。好吧，我要強迫自己冷靜點，把一切詳詳細細的告訴你。

我曾經說過，不久前我認識了一位法官——S先生，他邀請我去他家作客，我卻一拖再拖。要不是一個偶然的機會，我發現了……說不定我永遠也不會赴約。

那裡的年輕人要辦一場舞會，我也答應了一位小姐的邀請。我們討論好由我雇一輛馬車，載著我的舞伴和她表姊一起出城去聚會的地方，順道接一下S先生家的夏綠蒂。

一路上，我的舞伴提起了夏綠蒂的事，說她是位迷人又漂亮的小姐，還用開玩笑的口氣提醒我，千萬別迷上她，因為她已經和一位條件不錯的男子有了婚約。

到達獵莊時，馬車在大門口停下來，我走進大門，上了臺階，就在即將跨進大門的那一刻，一幕我從未見過的動人情景映入了眼簾——前廳裡，八個年齡在兩歲到十一歲間的孩子，圍繞著一個年輕的姑娘，孩子全都高舉著小手，急切的盼望得到自己那塊麵包。那位姑娘穿著雅致的潔白裙子，容貌娟秀，她手裡拿著黑麵包，正按照弟妹的年齡和胃口，把它切成大小不等的塊狀，然後分給每個孩子。在做這些事的時候，她的神態顯得那麼慈愛與美麗。

夏綠蒂看到我，微笑著走過來，禮貌的對我說：「請原諒，還是得麻煩您先進來，也讓小姐們久等了。」

「沒關係，夏綠蒂小姐。請允許我冒昧的向你介紹我自己，大家都稱呼我維特。」

「你好，維特先生，很高興認識你。」夏綠蒂的聲音溫柔又動聽。

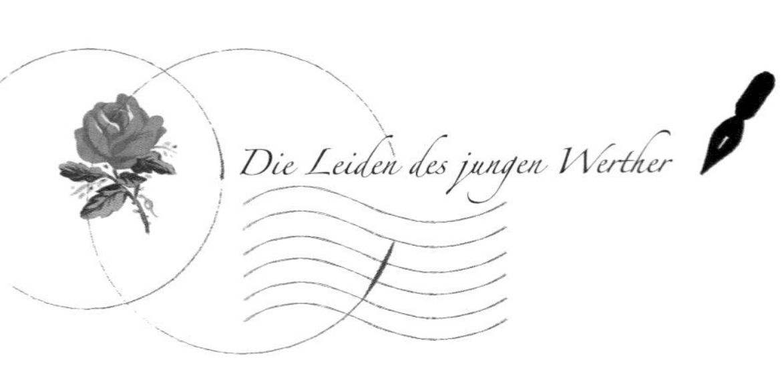

她又向我解釋，因為要去參加舞會，忙著打理一些事情，結果忘了給弟妹吃晚餐，只好趕緊切麵包讓他們分食。

頓時，我的整個心靈都被夏綠蒂美好的樣貌、動聽的聲音、高雅的舉止給占據了，直到她跑開，從我的視線消失，我才從驚喜與慶幸中回過神來。

剛坐上馬車，幾位小姐立刻開心的聊起天來。舞伴的表姊問起夏綠蒂，最近寄給她的那本書是否讀完了……我好奇問起是什麼書，夏綠蒂告訴了我，結果令我大吃一驚，難怪她的談吐不凡。漸漸的，我們的交談更為融洽，她的臉龐看起來也更加愉快了，因為她感覺到我能了解她。

我激動的跟夏綠蒂聊開來，把我所知道的，以及我的觀點全都講了出來，儘管舞伴的表姊不只一次對我嗤之以鼻，我也全然不在乎。

接著，我們的話題又轉到跳舞上。夏綠蒂說，跳舞是最快樂的事了，每當她心情不好的時候，只要在鋼琴上彈一首英國鄉村舞曲，一切煩惱就都忘了。她說話的時候，我忍不住望著她那黑色的明亮眼眸，還有她那活潑、伶俐又爽朗的臉龐，到後來，我已不知她在說些什麼了。

威廉，你是那麼了解我，我想，你應該想像得出當時的情形。

舞會中，我邀請夏綠蒂跳舞，當美妙的樂曲響起，我們盡情的跳著舞，我能感覺到她十分開心，因為她的舞姿是多麼輕盈啊！

至於我，我從來沒有跳得如此輕快過，簡直像是在作夢。臂彎裡摟著一個無比可愛的人兒，帶著她像風一樣的旋轉，彷彿周圍的一切都消失了……

不知不覺中，我們跳到一位年紀稍長、風韻猶存的夫人面前，她

微笑的望著夏綠蒂，然後，在我們與她擦身而過時，她意味深長的兩次提及了「阿爾伯特」這個名字。

夏綠蒂遲疑了一會兒後告訴我，那是她未婚夫的名字。雖然這對我原本就不是什麼新聞，稍早舞伴和她的表姊已經告訴過我。可是，經過這段美好的時光，夏綠蒂對我來說已經十分珍貴，此刻提到這件事，頓時令我感到心煩意亂。

舞會還在進行著，忽然天邊電光閃閃，隆隆雷聲蓋過了音樂，還嚇得一堆正在跳舞的女孩逃出行列，她們的舞伴也尾隨在後，秩序頓時大亂，音樂伴奏也只好停了下來。

於是，別墅女主人邀請大家到一間有百葉窗和簾幔的屋子裡玩遊戲。遊戲進行到最後，大家已經笑成一團，也把打雷、閃電的事全都忘了。

稍後，我們慢慢走到窗前。夏綠蒂用手肘撐在窗臺上，目光凝視著遠方，不知道在想些什麼。她一會兒仰望天空，一會兒看看我，眼裡滿含淚水。她把手輕輕放在我的手上，然後，輕輕歎息著：「克洛普斯托克啊！」

此時此刻，她心中想起了偉大詩人克洛普斯托克所寫的《春祭頌歌》！我不禁激動萬分。她輕輕的一聲歎息，便打開了我感情的閘門！我再也無法控制自己的把頭俯靠在她的手上，熱烈親吻著，然後，深情的望著她那對美麗的雙眼。

手寫日記樂趣多

親愛的小朋友，你有寫日記的習慣嗎？寫日記好處多多，不但可以記錄日常生活點滴，還能透過寫作來紓解壓力，了解自己內心的想法，而且也會讓生活增添許多樂趣唷！現在，我們就一起來看看日記可以怎麼寫吧！

A 用畫圖寫日記

除了文字書寫的記錄，你還可以自己畫上插圖喔！適合使用的筆有：彩色原子筆、色鉛筆、彩色筆等。

B 用現成的小物件寫日記

如果你不會畫圖也沒關係，很容易買到的貼紙、紙膠帶、小印章等，都是拿來美化、裝飾日記的好幫手喔！
例如，貼貼紙、用小印章印出花邊，或是用紙膠帶拼貼出美麗的圖案。只要動手試一試，一定還可以玩出很多有趣的新點子呢！

C 用過期的報紙、雜誌做拼貼

報紙或雜誌上都會有很多漂亮的圖案或照片，你也可以把喜歡的或是相關的圖片，剪下來貼在日記上，讓你的記錄變得充滿創意喔！

少年維特
的煩惱
Die Leiden des jungen Werther

第2章
遇見天使
Die Leiden Des Jungen Werther

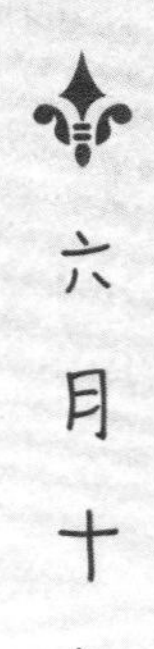

六月十九日

我已記不起前一次寫到哪兒了，但我還沒有告訴你舞會歸來途中發生的事。

那天，當舞會結束要回家的時候，太陽剛升起，朝霞染紅了天際。我們的馬車行駛在林間小路上，草葉上掛滿露珠，田野一片青翠。兩個女伴已經睡著了，夏綠蒂關心的問我是否需要小睡一會兒，還請我不用為她操心。

我說，我只要能看到她，就不會感到困倦。我們就這樣相守著，一直到獵莊的大門口。

女僕一邊輕輕為夏綠蒂開門，一邊告訴她，父親和弟妹都很好，現在還在睡覺。道別的時候，我請求她允許我當天再去看望她，她答

應了，後來，我也去了。

從此以後，無論日月星辰如何升起和落下，我都再也分不清白天和黑夜了，好像整個世界突然從我的視線中消失，因為，我的眼中只有夏綠蒂的身影。

六月二十一日

這段時間，我過著非常幸福、快樂的日子，我再也不會抱怨沒有享受過歡樂、沒有享受過最純淨的生活樂趣。

我在瓦爾海姆定居下來了，住處距離夏綠蒂的家只有半小時路程。只有在這裡，我才能充分感覺到自己的存在，以及身為一個人所能享有的全部幸福。

過去，我也曾經散步到瓦爾海姆，但是從未想到，原來它距離天堂竟然那麼近！我曾經在野外漫步，從山崗上、從河岸的原野上，無數次眺望過獵莊，那時它與我毫無關聯，如今它卻珍藏著我全部的愛戀。

清晨，當太陽升起，我到菜園裡摘了豌豆莢，一邊撕去豆莢上的筋，一邊讀著書。然後，回到廚房將豆莢和奶油倒進鍋裡一起燉煮，蓋上鍋蓋，繼續讀我的書，還時不時的攪動一下鍋裡的豆莢。

當我把親手栽種的蔬菜煮好並端上餐桌，我的心快樂無比，感受到一種單純的幸福。此刻，擺放在我面前的不僅僅是一盤菜啊，那是播撒種子的美麗清晨，那是灑水澆灌的可愛黃昏，所有那些盼望它生根發芽、開花結果的美好時光，都在這一瞬間重現了。

六月二十九日

前天，城裡的一位大夫來拜訪法官，據說，他是個老古板。當時，我正和夏綠蒂的弟妹一起玩，孩子們在我身上爬來爬去，我搔癢、逗弄他們，樂得小傢伙們大喊大叫。大夫看到我們的樣子，馬上流露出一副嫌惡的表情，顯然他認為我的行為有失身分。我故意裝作沒看見，又和孩子們一起去搭紙板屋。

沒想到，大夫回到城裡後，逢人就說法官的孩子本來就很沒教養，現在更讓維特徹底教壞了。

威廉，在我看來，小孩子是這個世界上最純潔、最真實的，我喜愛他們，更願意與他們親近。我常仔細觀察他們，看見他們的堅毅與剛強、豁達與樂觀，以及輕鬆應付危難的本領。然而，這些原本應該

被我們視為楷模的孩子，卻受到我們不公平的對待，大人竟不允許他們單純的做自己！那麼，我們憑什麼享有這個特權呢？只是因為我們年長、知曉事理一些嗎？

先擱筆了，威廉，我不想就這個問題毫無期望的談下去。

七月一日

夏綠蒂準備進城幾天，去陪伴生病的M夫人。據大夫說，這位賢慧的夫人很快就要離開人世了，臨終時，她希望夏綠蒂能陪在她身旁。

唉，威廉，和一個在病榻上呻吟的人比起來，我的這顆心更是病入膏肓了。夏綠蒂責備我，說我對什麼事都太容易激動，這樣下去會害了自己，還叮囑我要保重、珍惜自己的身體。

我的天使啊，為了你，我也必須好好活下去！

七月六日

夏綠蒂依然留在城裡，悉心照顧著病危的夫人。她真是體貼又溫柔。我想病人就算只是讓她看上一眼，痛苦也會減輕許多，並且感到幸福。

昨天傍晚，夏綠蒂帶著妹妹瑪莉安娜和瑪爾馨到城外散步，我聽說後趕了過去。我們一起漫步了一個半小時，才往城裡走。來到井泉邊，夏綠蒂在涼棚裡坐了下來。我環顧四周，然後再凝視著她，我的心充滿感激，感謝上天，她就是我生命的全部價值！

七月十一日

M夫人生命垂危，我為她祈禱，因為夏綠蒂感到難過，我也感同身受。我平日很少去M夫人家，今天去的時候，夏綠蒂跟我說了一件誇張的事。

M夫人的丈夫是個出了名的吝嗇鬼，就連自己的夫人也被他刻薄對待。幾天前，大夫斷定她已經活不久了，她就請人找來自己的丈夫，並告訴他：「我操持家務三十年，凡事都勤儉、節約，把一切打理得井井有條。可是，後來我們家大業大，開銷明顯增加了，你卻死都不肯多給每月的生活費，只允許我每週支用七個古爾盾（當時所使用的一種貨幣）。這些錢當然不夠用，於是，我直接從營業收入裡拿了錢來彌補不足。唉，誰也不會想到，做太太的竟然會偷自己家裡的錢。

不過，你可以放心，我拿的那些錢絲毫沒有浪費，我問心無愧，可以安心閉上眼睛了……」

我和夏綠蒂在談論這件事的時候，都覺得人心真是令人難以置信，明明知道家庭開支大了一倍，還是心安理得的只給原來的七個古爾盾，這樣的人真是吝嗇到了極點。

七月十三日

每一次，從夏綠蒂那雙烏黑、明亮的眼睛裡，我明明白白的讀到了她對我、對我的命運的關心與憐憫，對此，我深信不疑……我感覺她……她是愛我的，我也因此而覺得自己珍貴多了！

只是，我也為自己在夏綠蒂心目中的地位感到擔心，因為，有一

個我不了解卻令我擔驚受怕的人存在著。每當夏綠蒂談起她的未婚夫，總是顯得那麼溫柔、親切，那時候，我就會沮喪得像一個失去了榮譽和尊嚴的人，什麼也沒有了。

七月二十日

你勸我隨大使到X地去，我仔細考慮了一下。你知道的，我不喜歡受人支配，加上這位大使又是個令人討厭的人，所以，我目前還沒有這個打算。

你在信中提到，我母親希望看到我有所作為。這讓我感到有些好笑，不知道母親為什麼會這樣說。難道我現在什麼事也沒做嗎？我播撒種子種了豆莢、採收豆莢，這些不都是「作為」嗎？

說穿了，人世間的一切事情都很無聊，如果一個人沒有熱情和需要，光是為了他人的期待而去追逐名利，那這個人一定是個傻瓜。

七月二十四日

威廉，別那麼擔心，我不會把作畫的事荒廢了。只是，近來我也很少畫畫，因為，我從來不曾這麼幸福過，對大自然的感受也不曾這麼敏銳，哪怕是一塊石頭、一棵小草，我都倍感親切，感覺內心十分充實。

可是，我不知道該怎麼表達，我的想像力竟是如此有限，內心雖然裝滿了豐富的東西，卻都模糊不清，無法清晰的描繪出來。

我已經為夏綠蒂畫過三次肖像，但三次都出了糗，這使我非常懊

惱，尤其是前些日子我的畫作一直很出色……

七月二十六日

我已經下過幾次決心，告訴自己不要經常去看望她，但是我還是做不到啊，誰又能做得到呢！

每天，我許下諾言：明天絕對不去看她了。可是等明天一到，我總會找出說服自己的理由，轉眼間又會出現在她面前。

七月三十日

阿爾伯特回來了，而我就要走了。

他是一位善良而高尚的人，一位會讓人對他產生好感、既能幹又

溫和的人。我也很欣賞他，只是眼睜睜看著他即將娶夏綠蒂為妻，我還是難以接受。

威廉，她的未婚夫回來了，值得慶幸的是，接他回來的時候我不在，否則我會很傷心、很難過！阿爾伯特算得上是一位紳士，他對夏綠蒂的尊重，讓我也對他頗有好感。不過，我想，或許阿爾伯特對我的友善，很少是出於他的本意，有可能是因為夏綠蒂的叮嚀。

唉，我在夏綠蒂身邊的快樂日子是一去不復返了！我應該把這段時間的行為稱作愚蠢，還是頭腦發昏

呢？不過，現在說什麼都沒有意義了，事實擺在眼前，而這樣的事實在阿爾伯特回來前我就知道了。我一直很清楚，自己沒有任何權利要求夏綠蒂什麼，也從未要求過，儘管她那麼迷人，我依然努力控制住自己的心意。然而，如今出現了另一個人，奪走了我心愛的人，我還是傷心欲絕。

我整天在樹林裡亂轉，心神不寧，也不知道該做些什麼。每次去獵莊，見到她和阿爾伯特一起坐在園子的涼亭中，我的腳就像被釘在地上一般，模樣看上去傻傻的，說話語無倫次。

不過，只要沒有看見阿爾伯特，我還是會健步如飛的跑過去，確定只有她一個人的時候，我真是心花怒放。

八月八日

親愛的威廉，請你原諒我吧！我實在沒有想到，你也會有類似的看法。當然，你是對的。你說：「要麼你有希望得到夏綠蒂，要麼你沒有。如果是第一種情況，你就努力去實現自己的願望；否則就只有振作起來，擺脫那該死的感情，要不然它會影響你的人生。」

我的朋友，威廉，偶而我也會有想要振作起來、擺脫一切的念頭，然而……如果我清楚該往哪兒去的話，我早就走了。

我把日記擱置在一旁已經好幾天了，今天無意間翻開來看，才發現：我居然眼睜睜看著自己一步步陷入痛苦的處境！哦，我對自己的情況一直看得清清楚楚，就是不願意去改變；現在也還是看得清楚又明白，卻依然沒有絲毫悔意。

我想，如果我不要這麼死心眼，或許我原本可以享受幸福、美滿的生活：住在風景如畫的環境，這世界上難得的、美麗的鄉村景色，更是沒有幾個人能擁有的。

在這裡，我是和睦大家庭的一員，老法官把我當兒子般疼愛，孩子們也喜歡與我相處，更重要的是還有夏綠蒂。而且，阿爾伯特也友善的接納了我，對他來說，除了夏綠蒂，我就是他世界上最親愛的人。我想，世上恐怕沒有比我們這種關係更無奈的了，然而，我卻常常感動得熱淚盈眶。

我和阿爾伯特有時會一起去散步，我們邊走邊聊，談論最多的話題當然是夏綠蒂。他曾經談起夏綠蒂的母親，說到她臨終前如何把家

和孩子們託付給夏綠蒂，如何叮囑他要好好照顧夏綠蒂。他還談到夏綠蒂自那以後就像變了一個人——她辛勤操持家務、照顧弟妹，就像個母親，卻沒有因此而改變原本活潑、開朗的個性。

我告訴你了嗎？阿爾伯特不會再離開了，他在這裡得到一份待遇優渥的工作，侯爵很器重他。真的很少見到像他這樣辦事精明又勤勉的人，十分難得。

八月十五日

在這個世界上，只有愛才能使一個人變得不可或缺。我也感覺到，夏綠蒂不願意失去我，而她的弟妹更是盼望著我隔天還會再出現。

今天，我去幫夏綠蒂的鋼琴調音，但沒有完成，因為孩子們一直纏著我講故事，而她也認為我應該滿足他們的願望。

晚餐時，我為孩子們切了麵包，他們都高高興興的接過去吃了起來，就像從夏綠蒂姊姊的手中接過去一樣。之後，我為他們講了某個公主得到一雙「神奇之手」幫助的故事，那是他們最喜歡聽的，我已經講過很多遍了。

為孩子們講故事的過程中，我也學會了許多東西。公主的故事讓他們留下深刻的印象，但令我感到驚訝的是，他們對每一個細節都記得非常清楚。每當我忘記某個細節，不得不臨時編湊時，他們會立刻喊起來：「上次不是這樣講的！」結果，我只好一直反覆練習，直到能一字不差的背誦。

這件事讓我得到一個教訓：一位作家反覆修改書中的細節，即使能在藝術上增色不少，但都會對作品造成損害。人們總是相信第一印象，即使是最荒誕、離奇的事，也會深信不疑，而且印象深刻，難以從記憶中抹去。

你最近有什麼煩惱呢？

瞧！這個夾娃娃機裡有好多超級卡哇伊的玩偶耶！你覺得自己會夾到什麼呢？

☐ A 小熊熊

☐ B 小猴子

☐ C 小貓咪

☐ D 小狗狗

A　B　C　D

A 夾到小熊熊的人

個性喜愛安穩的你，生活通常也過得很規律，只是，偶而你也會感到無趣吧？現在應該是你嘗試新事物的時候囉！出門的時候，你可以改走別的路線，吃東西的時候，你可以嘗試比較奇特的美食，或是積極去認識新朋友，這些對你都會很有幫助，也能激發新的生命氣息喔！

B 夾到小猴子的人

你朋友很多，也很愛熱鬧，常常喜歡和朋友玩在一起。只是不知道為什麼，有時候你的內心卻會感到一種莫名的空虛。建議你，除了找朋友玩，也要留點時間給自己，讓心情平靜下來，做些自己喜歡的事情，這樣才能找回自己的力量喔！

C 夾到小貓咪的人

近期的你，也許在人際關係上會有一些煩惱喔！你總是覺得別人不那麼了解你的想法，或是常常誤會你，其實這是因為你比較沉默、不愛說話的緣故。如果試著把自己的想法婉轉的告訴你的朋友，而且常常練習這麼做，他們就會更加認識你了。

D 夾到小狗狗的人

你總是默默的為別人付出，是個熱心又善良的人。只是你老是會悶悶不樂，因為常常覺得有些人把你的付出當作理所當然，不懂得感激也不會好好珍惜。別難過，其實在背後稱讚你、肯定你的人還是很多的喲！所以，請繼續堅持你做的事吧！

第 3 章

維特的煩惱

清晨，我從睡夢中醒來，伸出雙臂，想要擁抱她，結果卻是一場空……

昨夜，我做了一個夢，夢見我和她坐在草地上，四周開滿五彩斑斕的小花。我們手握著手，是那麼甜蜜。可是，當我從迷濛狀態中清醒過來時，明白了那不過是虛幻的夢境，面對著黑暗的未來，我絕望的痛哭著。

八月二十二日

多無奈啊！我渾身充滿活力卻無所事事，只感到心煩意亂。

我常常羨慕阿爾伯特整天都埋首於各種公文，要是我能像他一樣

該多好啊！我也確實動過幾次這樣的念頭，想給你和部長寫信，請他給我一份大使館的工作，相信他是不會拒絕我的。

可是我想起一則寓言故事，大意是說，有一匹馬厭煩了自由自在的生活，請求主人給牠套上轡繩、裝上馬鞍，並讓人騎牠，結果卻把自己累得半死。我考慮再三，不知道該怎麼辦才好，最終還是沒有提筆寫信。

威廉，請告訴我，我內心的煩躁不安，是否就是因為我太急著想要改變現狀呢？

八月二十八日

如果我這毛病還有治癒的希望，那麼，能夠拯救我的就只有他們了：夏綠蒂和阿爾伯特，以及他們的友情。

今天是我的生日，一大早我就收到一個包裹，是阿爾伯特請人送來的。瞧，他們總是想辦法向我表達溫暖的友誼。對我來說，這些小禮物比那些絢麗、耀眼的禮物還要貴重一千倍。

我看著禮物，一遍遍沉浸在過往幸福的回憶中——那為數不多的、永不再返的美好時光。威廉啊，或許生活就是如此吧！一切美麗的東西總是轉瞬即逝，變成了過眼雲煙！

九月三日

我必須走了！我必須離開她了！

謝謝你，威廉，是你幫助我堅定了信心，讓我不再猶豫。已經十四天了，我一直徘徊在是走還是留的憂慮中。現在終於決定了。

……好啦，我必須走了！我必須離開她了！

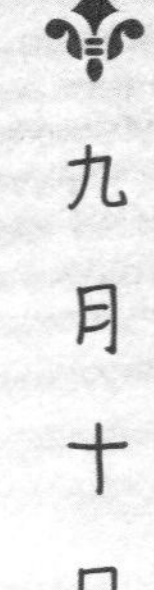

九月十日

過了今夜，我再也不會見到她了，一切我都可以克服了！威廉，此刻的我恨不得能站在你面前，痛痛快快的哭一場，向你傾訴內心的愁苦。現在，我坐在窗前，只為了讓自己平靜下來，我深深呼吸著帶著樹木清香的空氣，期待著黎明到來。當明天的太陽升起，我將騎馬離開這裡。

我終於堅強起來，終於能離開她，而且，在今晚兩個小時的交談中，我絲毫沒有透露我將離開的決定。

阿爾伯特答應我，晚餐後會和夏綠蒂一起到花園來。我們一起登上山坡，一路聊著天，來到了涼亭前。夏綠蒂在涼亭裡坐下來，我和阿爾伯特分別坐在她的兩旁。然而，內心的不安讓我如坐針氈，我站

起來，在涼亭裡踱步，然後又坐下，那情形真是令人難受啊。

「每當在月光下散步，我總會想起已故的親人，一種對死亡和未來的恐懼油然而生。唉，我們都會死啊！」夏綠蒂想起自己逝去的母親，有些激動的說：「維特，你說，我們死後會再見嗎？見了面，彼此還認識嗎？」

「夏綠蒂，」我把手伸給她，眼裡含著淚說，「我們會再見的！無論在人間還是在天堂，我們都會再見的！」

夏綠蒂說著、說著，彷彿永遠也訴說不盡心中的無限感慨。

這時，阿爾伯特溫柔的打斷了她：「親愛的夏綠蒂，你太激動了。我知道，你心裡一直掛念著這件事，不過，我求求你……」

「夏綠蒂！」我再也無法控制自己，激動的抓住她的手，流下來的眼淚，滴落在她的手上。「夏綠蒂啊，上帝會保佑你的，你母親在

天之靈也會保佑你的！」

後來，夏綠蒂恢復平靜，站起身來，而我仍然呆坐在那兒，緊握著她的手。

「我們走吧。」她說，「時候不早了。」

她想縮回手，我卻握得更緊。

「我們會再見的，」我大聲說著，「我們還會相聚，無論將來變成什麼樣，都能彼此認出來的。我要走了，保重吧，夏綠蒂！保重吧，阿爾伯特！我們會再見的。」

「應該就在明天吧。」夏綠蒂微笑著，然後抽回了手。

天哪！明天？呵，她壓根兒就不知道……

我呆站在原地，目送他們的背影走出了林蔭小路，隨即失聲痛哭起來。我往山坡的更高處奔去，從那兒眺望著；在柔和的月光下，她的白色衣裙在高高的菩提樹影裡閃動，猶如夢幻一般。我伸出手想要碰觸，她的倩影卻已消失……

十月二十日

昨天抵達了現在這個地方。大使身體不適，要先在家休息幾天。他要是脾氣好一點、待人隨和一點就好了。

唉，我發現，命運總是給我各種嚴峻的考驗，我真的要鼓起勇氣啊。那些人只有一點點能力、一點點才氣，便可以到處誇耀，我為什麼還要悲觀、失望，對自己的能力和天賦產生懷疑呢？仁慈的上帝啊，

祢為什麼不少給我一些才能，多給我一些自信呢？

「別急！情況會好起來的。」好朋友，你的勸告完全正確。在每天的忙碌中，我見識了人們究竟在做什麼以及怎麼做，其實也沒什麼了不起，我根本不必為自己擔心。這麼一想，心情於是好多了。

十一月二十六日

我勉強適應了這裡的生活。讓我感到高興的是，我有足夠多的事情可做。

最近，我結識了C伯爵。他見多識廣，博學又傑出，待人真誠、熱情，很重感情和友誼，是一位令我尊敬的人。

我們在偶然的機會下認識彼此，一番交談後，發現能互相了解，他完全把我當成知己，而且，我從來沒見過像他這麼坦率的人。

十二月二十四日

我早就料到大使會給我帶來許多煩惱，像他這麼吹毛求疵的人，世上實在找不出第二個。

我做事乾淨、俐落，他卻拖泥帶水，總是要我反覆修改公文稿，把我氣得要命。唉，和這樣的人打交道，真是受罪啊！

不過，C伯爵的信任給了我安慰。最近，他坦率的告訴我，他對大使的態度也很不滿。

大使心裡很清楚，比起他來，伯爵更是器重我，他因此十分生氣，只要一抓住機會就在我面前數落伯爵的不是；而我當然會為伯爵辯護，這樣一來，我和大使間的關係就更糟了。

唉，其實我的要求並不多，只要不妨礙彼此，大家就各走各的路吧。

親愛的夏綠蒂，為了躲避一場暴風雪，我暫住在一家鄉村小客棧。哦，我已經有很長一段時間沒有寫信給你了！

夏綠蒂啊，親愛的，你不知道我現在變得多麼心神不寧、感覺遲鈍，我沒有一刻感到充實與幸福！

每天晚上，我都決心要欣賞第二天的日出，可是到了早晨卻起不了床；每個白天，我都期盼能欣賞到月色，可是夜晚來臨時卻不願踏出房門。我真不明白，自己為什麼要醒來，又是為什麼要睡去？

我想，我的生活缺少動力，那種使我深夜精神飽滿、清晨興奮不已的熱情，已從我身上完全消失了。

我在這裡只結識了一個姑娘，名字叫馮・B。親愛的夏綠蒂，如

果說還有誰像你的話，那就是她了，她是多麼像你啊！

她有一雙清澈、明亮的藍眼睛，是一個很重感情的姑娘。貴族身分對她來說只是一種負擔，她渴望離開喧囂的人群，幻想著過一種田園式的純淨、幸福的生活。哦，我時常跟她談起你，她非常的崇拜你、喜歡你。

再見，夏綠蒂！阿爾伯特和你的生活過得如何……上天啊，原諒我問這樣的問題吧，我是情不自禁啊！

二月十七日

我想，我和大使共事的時間不會太久了。最近，大使到宮廷去告

了我一狀，部長斥責了我，儘管語氣相當緩和，我還是認為自尊心受到了傷害。

就在我準備遞交辭呈的時候，卻收到部長的一封親筆信。部長說，我對工作問題的種種看法和設想，表現出年輕人的朝氣和敏銳，值得尊重，只是有點操之過急。他希望我提出想法時要和緩一點，循序漸進，這樣才能產生積極的影響。

威廉啊，讀了部長的信，我感到深受鼓舞，好幾天心情都格外舒暢。

二月二十日

謝謝你，阿爾伯特，謝謝你隱瞞了實情。我一直在等待著你們結

婚的消息，並決定當這一天到來的時候，取下夏綠蒂的剪影畫，把它和其他的畫放在一起。

然而，現在你們已結為夫妻，她的畫像仍然掛在我的牆上。哦，還是讓它永遠掛著吧，因為我的身影也依然留在你們心中，留在夏綠蒂的心中，而且並不妨礙你們。再見了，阿爾伯特！再見了，夏綠蒂！

三月十五日

威廉，我遇到了一些倒楣的事情，看來，我非得離開這裡不可，而且沒有任何挽回的餘地了。不過，為了不讓你又認為是我思想偏激才把一切弄得一團糟，現在請你聽聽下面這段故事吧。

昨天，C伯爵邀請我去他家吃飯，碰巧當晚也是本地貴族男女在他家聚會的日子，而我並沒有留意到，像我這樣的小人物是不容許加入他們的。晚餐結束後，我和伯爵在大廳聊天，後來又來了一位上校，他也加入我們的談話，不知不覺間，聚會的時間到了，而我卻完全把這件事給忘了。

這時，一群最高貴的賓客走了進來，高傲的仰著他們那世襲貴族的面孔，一副輕蔑、不屑的樣子。

其實我打從心底討厭這類人，也想等伯爵與他們寒暄完就告辭，誰知這時馮・B小姐來了，我每次見到她總會感到幾分欣喜，於是便留了下來。我站著與她交談，過了一會兒，我發現她不像平時那樣隨和，表情顯得十分尷尬。

「原來她也跟那些人一樣！」我感到十分驚訝，暗暗這麼想著……

這期間，聚會的人已經到齊，我與其中認識的人攀談，他們全都是一副愛理不理的樣子，直到伯爵向我走來，把我帶到一扇窗戶前。

「你應該了解我們所處的這個特殊環境。」他說，「參加聚會的這些人對你的在場感到不滿，儘管我本人說什麼也不想請你……」伯爵緊緊握著我的手，意味深長的解釋。我默默走出了一群貴族聚會的大廳，在門外叫了一輛輕便馬車，急駛離去。

傍晚，我回到了公寓，有人告訴我，關於聚會的事已經鬧得沸沸

揚揚了。直到這個時候，我才意識到事情有些不妙。霎那間，我有種不自在的感覺，環顧四周，原來公寓客廳裡所有來用餐的人都在看著我！無論我走到哪裡，他們都會向我投來異樣的目光：同情、嘲諷、幸災樂禍。甚至到今天依然如此，唉！

三月十六日

最近不知怎麼了，什麼事都讓我生氣。今天在大街上遇見馮・B小姐，我們避開人群後，我對她那天在聚會上的態度表示不滿。

她委婉、親切的對我解釋當天的情況。她說，其實她從走進大廳那一刻，就已經預感到將會發生什麼事，也無數次的想提醒我，只是話到嘴邊卻始終沒有說出口。

說這些話的時候，可愛的馮・B小姐眼裡竟然滿是淚水。「當時，

我的姑媽也在場，」她說，「維特，我好不容易才熬過了昨天晚上，今天又因為和你來往而遭到一頓訓斥，不但得聽她貶低你，還絲毫不能為你辯解。」

馮．B小姐的每句話都像一把利劍，深深刺痛了我的心。她完全不明白，如果她不告訴我這一切，對我來說是多麼大的仁慈。她還以真誠、同情的語調告訴我，有些什麼樣的流言蜚語、哪些人因此幸災樂禍，還說那些一直指責我目中無人的傢伙樂不可支，對我遭受到報應更是心花怒放……聽著、聽著，我的呼吸急促起來，脈搏瘋狂的跳動，就算是現在想到也仍然怒火中燒。

三月二十四日

我已經向宮廷提交辭呈，但願能盡快得到批准。這裡的一切都結

束了，我的去意已決。

請你把我辭職的事盡可能委婉的告訴我母親，我實在不知道該如何面對她，既然不能讓她滿意，那就只有求得她的原諒了。我想，母親得到這個消息後一定會很難過，在她看來，做了樞密顧問的兒子，未來就會是大使了，只是，美好的前程卻就此斷送了！

唉，隨你們怎麼想，隨你們說出多少我應該留下的理由，反正我是非走不可了。

離開這裡，我將去向何方呢？告訴你吧，有一位侯爵很樂於與我來往，當他得知我打算辭職後，便邀請我去他的獵莊，和他共度一個陽光明媚、鳥語花香的春天。我和他在某些方面都有共識，能夠相互理解，所以想碰碰自己的運氣，決定到時候隨他一塊兒去。

天使送給你的禮物

天使想要送給你一份特別的禮物喔！快投下一枚硬幣，再轉幾圈，你覺得從扭蛋機滾出來的會是幾號的扭蛋呢？

你也可以把 0 ～ 9 的數字寫在 10 張紙片上，然後折起來，再隨手抽出一張，看看抽到的是幾號。

有了號碼後，一起來看解答分析吧！

那就是天使想對你說的話。

快來看我送你什麼禮物吧！

收到 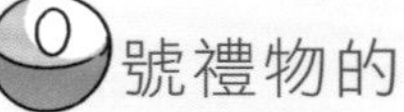 號禮物的人

做任何事情時，請記得你一開始時那個最單純的想法，然後好好堅持著不要忘記，這樣一定能幫助你在面對挑戰時更容易成功。

收到  號禮物的人

累的時候就暫停一下，先來個深呼吸吧！未來，新的機會就在不遠的地方等著你，所以，等休息夠了，再繼續往前邁進吧！

收到  號禮物的人

只要好好珍惜自己的努力，願望一定可以實現。所以，不需要恐懼或擔心，眼前的小小障礙，很快就會過去的喔！

收到  號禮物的人

天使一直守護著你，當你遇到難題的時候，別害怕，讓心情平靜下來，向祂們祈禱，相信就會有奇蹟出現喔！

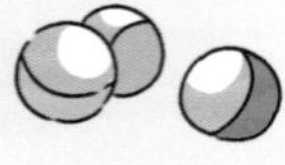

＊我抽到的是＿＿號扭蛋。

收到  號禮物的人

好好感謝這一路上幫助你的家人和朋友，也好好感謝自己這樣努力著，因為，幸福就要來臨了，請繼續勇往直前吧！加油！

收到 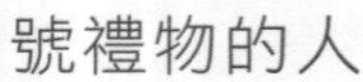 號禮物的人

那些生活中不順遂的事情，就不要再堅持了，適時放手，然後等待新事物的到來吧！新的事物將會為你帶來更多幸福喲！

收到  號禮物的人

不要擔心，如果你真的遇到困難，大家都會幫助你。有時候，太多的擔憂都是因為自己的假想所造成，所以，不要自尋煩惱喔！

收到  號禮物的人

你做得很好，請繼續保持下去。要相信自己，辛苦的付出一定會有代價的，而且，你將會收到一份幸運的禮物。

收到  號禮物的人

最近會有財富方面的好運，可能是零用金增加了、抽獎得到滿意的獎品，或者有人送你一些禮物、請你吃飯等。

收到  號禮物的人

你的能力很好，也喜歡幫助別人，這是多棒的一件事呀！好好善用你的天賦，你一定會有更多展現才華的機會。

少年維特的煩惱
Die Leiden des jungen Werther

第4章

來去匆忙的過客

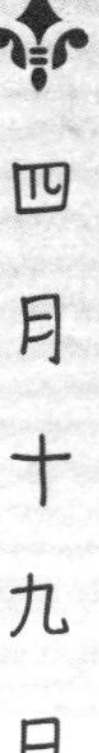

四月十九日

謝謝你的兩封來信。請你原諒，給你的回信我一直沒有發出去，一是因為在等辭呈批下來，二是擔心母親過早知道此事會去找部長，使我的計畫落空。

目前一切都處理好了，辭呈已經擺在我面前。關於宮廷是多麼不願意批准我的辭呈，以及部長在信中寫了些什麼，我不想告訴你們太多，否則你們又會念我了。

親王贈予我二十五個杜卡盾（當時所使用的一種貨幣）作為補償，我感動得幾乎掉下淚來。請告訴我母親，我最近的一封信中要的那筆錢就不必寄來了。

五月五日

我明天就要離開這裡，隨侯爵去他的獵莊。途中會經過的某個地方，距離我的故鄉只有六英里，所以我打算回去看看，重溫往昔那充滿幸福與夢想的日子。

自從父親去世後，母親帶著我離開了美麗的家園，來到牢籠般的城市，如今我將再次走進那道我們曾經離開的家門。

再見，威廉，我沿途會給你寫信的。

五月九日

結束了我的故鄉之行，某種溫馨的情感從心底油然而生。

我步行回到兒時生活的地方，站在菩提樹下，想起小時候曾無數次散步到這裡。當初，無憂無慮的我多麼渴望奔向外面的世界，如今，我從廣闊的世界歸來，希望卻已經一個、一個破滅，理想也消失殆盡。

看著那些古老又熟悉的花園與屋宇，我感到快樂無比，而那些新修的建築卻令我反感，就像其他那些人為的改變。

踏入城門，一股強烈的情感從心底湧起：我回家了！威廉，可是，現在的我不想細談自己的感受，因為在這個時刻，任何語言都顯得多餘。

我決定在市集廣場附近找個旅館住下，那裡緊鄰著我家的老房子。我在城中四處漫步，幾乎每走一步，都有可以吸引我注意力的東西。我沿著河岸而下，來到一個農場，從前我也常來這兒玩耍，男孩子都會在附近的河邊用扁平的石塊打水漂兒。我還清楚的記得，孩提時的我

站在岸邊，望著輕輕流淌的河水，目送著它奔向遠方，心中充滿了奇妙的感覺，腦海裡想像著河水流經的那些不可思議的地方。

我的朋友，我們的祖先儘管學識不多卻非常幸福，他們的情感和詩歌是那樣的淳樸、天真。現在，就算我可以告訴每一個孩子地球是圓的，對我又有什麼意義呢？每一個人只需要小小的一塊土地就可以生活了。

現在我已經住進侯爵的獵莊。

侯爵待人真誠、隨和，只是喜歡高談闊論。他看重我的智慧和才氣，勝過看重我的這顆心。但是，我唯一的驕傲就是我的心，那是我一切力量、幸福、痛苦以及其他所有一切的唯一源泉！我所知道的誰都可以知道，唯獨這顆心是我自己獨有的。

五月二十五日

我有過一個計畫，原本在實現它之前不想告訴你的，不過，現在已經無法達成心願了，所以告訴你也沒關係。

我曾經想去從軍！這個想法在我心中已經很久了，我願意跟隨侯爵來到這裡，這也是主要的原因，因為他是一名現役將軍。

但是，某天我們一起散步時，我告訴侯爵這個想法，他卻勸我打消這個念頭，除非我真的有很大的熱忱，而不是一時的胡思亂想，否則一定要聽從他的規勸。

六月十一日

威廉，隨你怎麼說，反正我得走了。我繼續留在這裡幹什麼呢？

每天都顯得那麼漫長，心裡難受極了。

雖然侯爵對我很好，我們之間卻缺乏共同的語言，這讓我感到很不自在，與他交談帶給我的愉悅，不見得比讀一本好書來得多。

我準備再待上八天，然後四處漂泊。這些日子以來，我在這裡所做的最有意義的事就是畫畫。侯爵極有藝術方面的感受力，只可惜他的見解總是局限於一些概念和流行術語。曾經有好幾次，當我想要好好和他討論自然與藝術，他卻突然從嘴裡冒出一句術語，害我頓時連開口的興趣都沒了。

六月十八日

你問我打算去哪裡？我打算要去參觀X地的一個礦井。不過，對

你說實話吧，去不去礦井並不重要，我真正的目的是，想藉此機會離夏綠蒂近一些。寫到這兒，我自己也不禁啞然失笑，笑我自己還是這麼的瘋狂。

八月四日

這個世界不只我一個人有這樣的處境啊！許多人都感到失望，許多人都遭到命運的欺騙。

還記得我在菩提樹下遇到的那位賢慧婦人嗎？我去看望了她和她的三個兒子，她的家就在那附近。遠遠的望見我，她的大兒子趕忙跑過來迎接。聽到孩子的歡叫聲，那位婦人從屋子裡走了出來，臉上卻

寫滿了憂傷。她告訴我，她最小的兒子死了，而她的丈夫最終還是兩手空空的從瑞士回來了；幸好遇上一些好心人，幫助他順利返家。唉，不幸的是，回家的路上他又得了寒熱病。

我實在不知道該說些什麼來安慰她，只好給了她的孩子一些錢。她送給我幾顆蘋果，我接受了，然後，帶著憂傷的回憶離開了那個地方。

八月二十一日

人的命運真是瞬息萬變啊！有幾次，我的眼前閃現出生活歡愉的光輝，只是一轉眼就消逝了。

我走出門，來到當初接夏綠蒂參加舞會的那條林蔭路上。我走啊，

走啊，想要尋覓那曾經熟悉的一草一木，可是一切都變了，一切都如過眼雲煙。

昔日的景致沒有留下一絲痕跡，而我的心境就像一個重返古堡的幽靈：他曾經貴為地位顯赫的王侯，精心建造了這座古堡，並且為它增添富麗堂皇的奢華裝飾，臨終時又滿懷希望的把它託付給愛子；可是故地重遊時，卻發現往昔金碧輝煌的古堡，已經變成了一片廢墟。

九月五日

夏綠蒂寫了張便條要交給在鄉下辦事的丈夫，開頭是這樣的：「親愛的，快回來吧，我懷著無比喜悅的心情期待著你。」

不久，一位朋友帶來消息，阿爾伯特還有些事情沒有處理好，不

親愛的，快回來吧！
我懷著無比喜悅
的心情期待著你。

能馬上回來。於是，這張沒有送出的便條一直擺在桌上。當晚，我看見這張便條，一邊讀一邊微笑起來，夏綠蒂詫異的問我笑什麼。

「人的想像力真是神賜予的最美好的禮物，」我脫口而出，「忽然間，我以為這是寫給我的呢！」

她沉默不語，似乎不太高興，我只好不再說下去。

九月六日

我終於下定決心扔掉那件黑色燕尾服。那是我第一次帶夏綠蒂跳舞時所穿的服裝，即使樣式簡樸，我仍然十分珍視它，經常穿在身上，但是，如今它已經變得陳舊不堪。

我請裁縫照著它的樣式又做了一件，一樣的領子、袖口，再配上

一樣的黃色背心和褲子。可是，新做的總是不那麼令我感到稱心如意，不知道是不是……我想，也許穿一段時間後會好些吧。

九月十二日

她出門幾天，去接阿爾伯特回來。今天，我一踏進她的房間，她便歡快的迎上來，我高高興興的吻了她的手。

一隻金絲雀從梳妝檯旁飛過來，落在她的肩上。

「一個新朋友，」她一邊說，一邊讓鳥兒跳到自己手上，「是送給小傢伙們的。瞧，多可愛！每次餵牠麵包，牠都會拍動著翅膀，張著靈巧的小嘴吃起來。牠還會和我親吻呢，你瞧。」

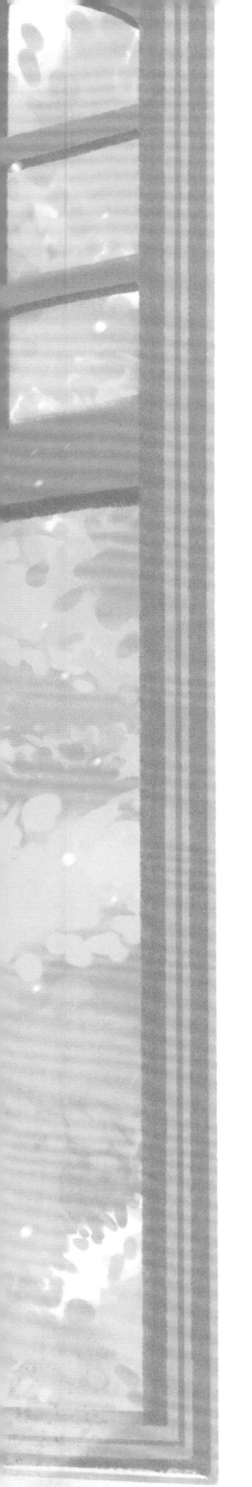

她逗著小鳥，鳥兒果真將小嘴湊到她的嘴唇上，彷彿知道那是一種幸福的享受。

「讓牠也吻吻你吧。」說著，夏綠蒂把金絲雀遞了過來。

小鳥在她的嘴唇和我的嘴唇間搭起了一座橋梁，和小鳥的嘴輕輕一觸，我心中頓時感到甜美無比。

「牠還會從我的嘴裡啄東西吃喔！你看。」她一邊說，一邊用嘴唇啣著麵包，讓鳥兒歡快的啄食。她的唇上，洋溢著幸福、快樂的笑意。

我轉過頭去，不敢再看。夏綠蒂不該這麼做啊！這樣只會把我這顆已經被冷漠生活折磨得沉睡的心，又重新被喚醒。她真的不該這麼做啊！可是，為什麼不該呢？她是如此信賴我，而且她知道我是多麼愛她啊！

九月十五日

威廉，我都快氣瘋了，世上有價值的東西本來就不多了，人們居然不懂得珍惜。

我和夏綠蒂曾經拜訪過一位善良的老牧師，老牧師家有兩棵巨大的胡桃樹——枝幹高大、挺拔，樹葉濃密、舒展，把院子變成幽靜、涼爽的地方。看著這兩棵樹，不禁讓人想起多年前種植它們的兩位可敬的牧師。然而，昨天我才得知，這兩棵樹已經被砍了。

唉！我的肺都要氣炸了，我這個人，性情就是如此，即使看見院子裡有一棵樹快老死了，也會難過得不得了。不過，親愛的朋友，可以稍稍感到欣慰的是，人終歸是有感情的，全村老小都在譴責這件事。

砍樹的罪魁禍首是新牧師的太太，美麗的胡桃樹會遭受如此深重

的厄運，只是因為樹葉掉下來會弄髒她的院子、樹枝會擋住陽光、胡桃熟了後孩子會扔石頭去打下來等。據說，這些都會損害她的健康，妨礙她專心思考，使她無法集中精神。

後來，新牧師還想撈點好處，打算與村長平分賣樹的錢。誰知鎮長聽說了，就要他們把樹運過去，因為牧師房子的產權屬於這個鎮，那兩棵樹自然也包含在內。最後，鎮長將胡桃樹賣給了出價最高的人。

哼，可惜我不是侯爵，否則我一定將牧師太太、村長和鎮長都給……

侯爵？我要真的是侯爵，還會關心領地裡的那些樹木嗎？

十月十日

每當看見那雙黑色的眼眸，我的心就會歡欣、雀躍。然而，令我感到不安的是，阿爾伯特似乎並不那麼幸福，不像他所希望的……也不像我所認為的……要是換成了我……

我一直不喜歡用刪節號來寫文章，但此刻的我已經無法用別的方式表達內心的想法。但……即使如此，我想，我也說得夠清楚、明白的了。

十月十九日

多麼空虛啊，我的心居然感到一種可怕的空虛！要是能夠把她擁在懷裡一次，僅僅一次，所有的空虛都會消失殆盡。

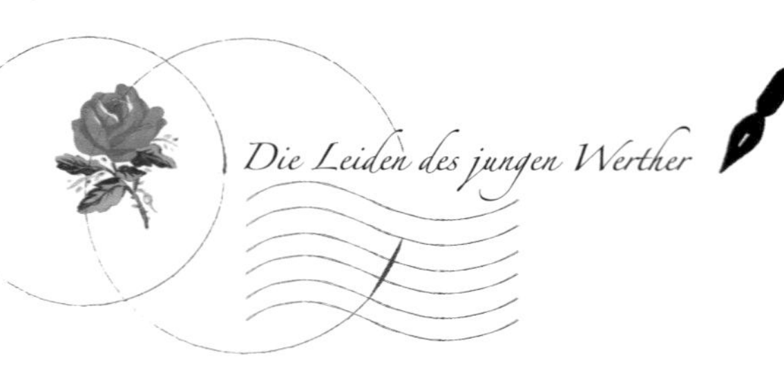

我的朋友，我確信，而且越來越確信，一個人的生命是微不足道的，一個人的價值是非常渺小的！

夏綠蒂的一個女朋友來拜訪她，我退到隔壁房間，隨便取了一本書來翻閱，卻怎麼也讀不進去，於是，又拿起一枝筆想寫點什麼。這時，我聽見她們低聲說話的聲音，說的都是一些無關緊要的事，比如誰結婚了、誰生病了、病情怎樣之類。

聽著她們聊天，我想像自己來到了那些可憐人的病榻前，看見他們痛苦的掙扎，眼神中流露出對生命的無限留戀……可是，她們卻滿不在乎的談論著那些人，就像談論素不相識的人！

我看了看四周，打量著眼前所在的房間，看著夏綠蒂的衣裙、阿

爾伯特的文書，以及我十分熟悉的家具和墨水瓶，聯想到她們的談話，不禁感慨萬千。

唉，人生無常啊！一個人就算被安放在最親愛的人的記憶裡，在他們心中，也注定了會消失、會被遺忘，而且速度是如此飛快！

十月二十七日

一個人的存在對另一個人來說竟然如此微不足道，每當想到這些，唉，威廉，如果我沒有帶給他人愛情、快樂、溫暖和幸福，他人也一定不會給予我什麼。而且，即使我心裡充滿著快樂和幸福，也無法使一個冷若冰霜的人感到快樂和幸福啊。

即使我有更旺盛的生命力，對她的熱情只會把我吞沒；即使我有

更多的天賦，沒有她，我的一切也將化為烏有。

十月三十日

曾經有過上百次，我幾乎就能擁抱她了！奪取是人類最本能的欲望，嬰兒不也是喜歡伸出小手去抓喜歡的東西嗎？那我呢？

仁慈的主啊，當心愛之物出現在一個人的面前，他卻不能伸手去抓取，心中會有多難受啊！

神奇的紓壓小魔法

哈囉！我是小仙子艾蜜莉，大家的好朋友。面對忙碌的生活，你是不是被壓得喘不過氣來呢？現在，就讓我帶大家一起來了解各種紓壓的活動，希望你們都能找到適合自己的方法喲！

＊運動

運動可以增加腦內啡，這個物質能幫助你減少情緒上的不安，並且讓身體和心理都感到幸福。

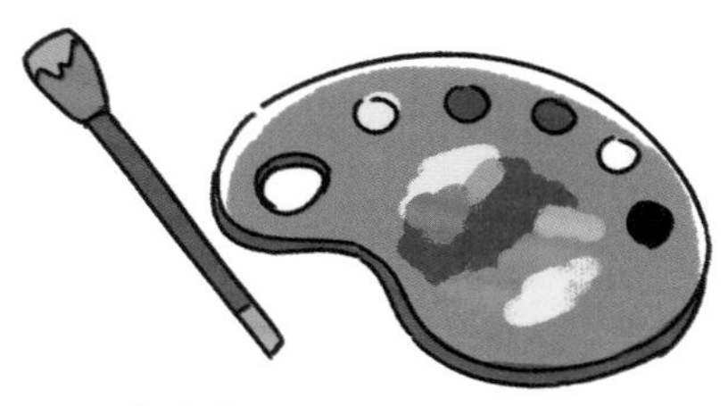

＊畫圖

畫畫除了啟迪個人的藝術天分，還可以培養一個人的專注力、創造力和對美的感受力。畫畫時的你，心情自然也就能放輕鬆了。

＊寫作

透過文字的書寫，可以整理思緒、抒發內心的鬱悶和壓力，總之，有什麼不開心的全都寫出來，一吐為快就對啦！

＊作手工藝

當你從事手工藝活動時，因為需要專注與安靜，所以會有轉移注意力的效果。而且，當作品完成時，你的自信心和成就感也會大增喔！

＊唱歌

聽音樂或唱歌時，身體會自然擺動，呼吸也會隨之調節，進而產生安定情緒的效果，尤其當你大聲唱歌時，情緒與壓力更是能得到釋放呢！

＊享受美食

吃東西除了提供身體所需的熱量及營養，也會讓人得到心情上的滿足，所以，偶而吃吃自己喜歡的美食，對自己好一點，自然就會更開心囉！

＊接近大自然

風聲、鳥叫蟲鳴、潺潺流水聲、新鮮的空氣……走入大自然，會讓人心曠神怡，暫時忘卻各種煩憂，只想好好享受眼前的好山、好水、好風情喲！

少年維特
的煩惱
Die Leiden des jungen Werther

第5章

悲傷與絕望

十一月三日

每晚睡前，我常常懷著這樣一種期待，有時甚至是一種渴望：不要再醒來了吧！

第二天清晨，當我睜開雙眼，又見到光芒萬丈的太陽，那種難受的滋味簡直難以用言語形容。

唉，心情不好時，要是我能怨天尤人，也不會那麼難受了。事實上，一切的過錯全在於我自己！正如我的一切幸福根源於我自己，我的一切痛苦也根源於我自身。

當初，我滿懷喜悅的四處遊歷，足跡到哪兒，哪兒就是我的天堂，我的心胸開闊得可以容納整個宇宙。現在，我的心已經死去，眼淚也枯竭了，額頭上更是爬滿了可怕的皺紋。

我已失去生命中唯一的歡樂，失去唯一能振奮我的力量，我陷入極

度的痛苦之中！

十一月十五日

謝謝你，威廉，請不必擔心。讓我繼續忍受吧，儘管我已疲憊不堪，仍然有足夠的力量支撐到底。你知道，我尊重宗教信仰，我認為，它可以是虛弱者的拐杖、奄奄一息者的興奮劑。

不過，它對每個人都能產生同樣的作用嗎？它必須對每個人都產生作用嗎？還有，難道我一定得依靠宗教的幫助嗎？

請你別誤解，不要把這些肺腑之言當成諷刺，我對你是完全坦誠的，否則我寧願沉默，也不願開口說這些讓大家都感到不快的話。

十一月二十四日

她感覺到了我內心深處的痛苦！當時只有她一個人在，她望著我，我們只是默默無語。那是一種包含著無比深切的關懷與憐憫的目光。

後來，她避開了我的目光，坐到鋼琴前，伴隨著悠揚的琴聲，用她那甜美的歌喉，輕輕唱了起來。我從未聽過她如此迷人的吟唱著。哦，如果我能用文字清楚的向你描述這一切，該有多好啊！

但我實在無法繼續忍受這樣的煎熬……

十一月三十日

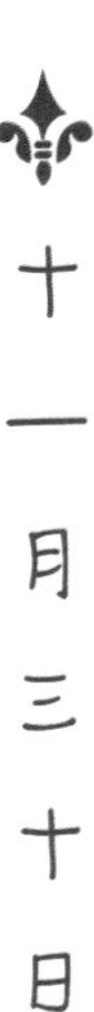

噢，無論我走到哪裡，都會遇見令我煩惱、不安的事，就像今天。

我遇見一個人，他穿著破舊的綠色外套，臉上寫滿難言的悲哀，樣子十分古怪。

他告訴我，他想找花送給他的心上人，還說他以前過得很幸福……不久，一個老婦人大聲喊著，沿著大路走了過來。老婦人告訴我，那是她的兒子；從前他可是個善良又沉穩的人，還寫得一手好字，後來突然瘋了，成了我現在看到的這個樣子。

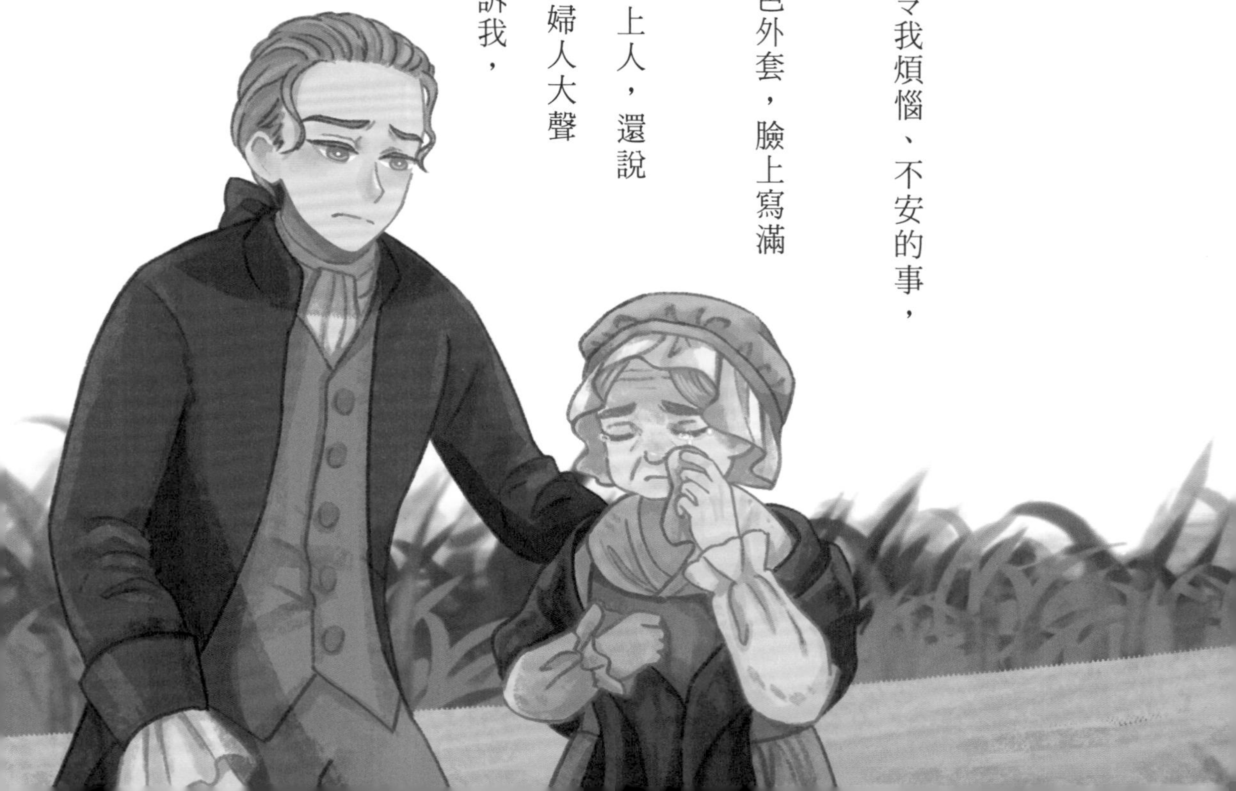

我問老婦人：「他說，他有一段時間很幸福，過得自由自在。那是怎麼一回事？」老婦人笑了笑，聲音中充滿同情和憐憫：「他指的是自己神智不清的那段時間。當時他在精神病院，精神完全失常了……」

這話猶如晴天霹靂般震撼著我……

上帝啊，難道人的命運注定就是如此：只有在喪失理智後，才能感覺到幸福？

♦ 十二月一日

威廉，我在上一封信裡提到的那個幸福的不幸者，過去曾是夏綠蒂父親的祕書。當時，他對夏綠蒂產生了愛慕之情，但一直隱藏在心裡，最後他終於表白了，卻因此丟掉了差事，還發了瘋。

你可以想像一下，我聽了之後所受到的震撼有多大！這是阿爾伯特

告訴我的。

十二月四日

求求你，威廉，懇求你聽我說吧！我完了，再也承受不了了！今天，我坐在一旁，她在彈鋼琴，彈了很多支曲子，每一段音樂都深深觸動了我的心！全部啊！威廉，我該怎麼辦……熱淚湧進了我的眼眶，我低下頭，目光落在夏綠蒂的結婚戒指上……淚水滾落下來……

這時，她開始彈奏一支熟悉而美妙的曲子，往事一幕幕浮現。回想起初次聽到這支曲子時的美好、後來的黯然神傷，還有最終的沮喪與失望……我覺得快要窒息了。

「看在上帝的份上，」我激動得衝到她的面前，喊道：「別彈了！」

她停了下來，笑吟吟的望著我，說：「維特，你病得很厲害啊，連

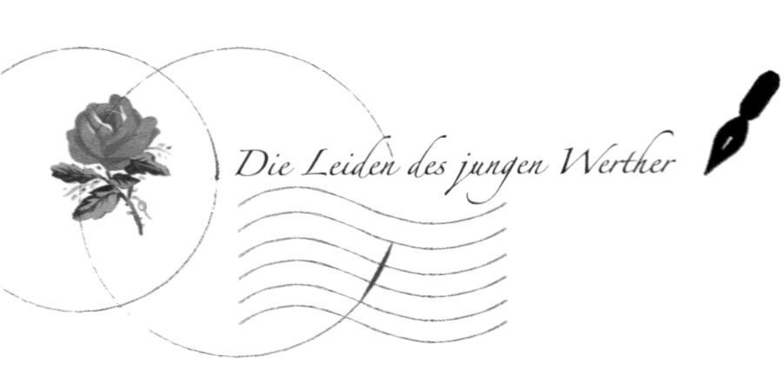

自己最喜愛的東西也討厭起來了。回去吧，我求你平靜下來。」

我立刻跑出房間，並且……上帝啊，祢看見了，祢看見了我最深刻的痛苦，求祢馬上結束這一切吧！

編者致讀者

關於少年維特生命中的最後幾天，我希望能找到足夠的第一手資料，於是，我去拜訪了那些了解他的經歷的人。

現在，我需要做的是，把努力蒐集到的情況敘述出來，再把維特留下的幾封信與其他資料——哪怕只是一張小紙片，都穿插放入故事裡……

後來，維特的心中堆積了越來越多的憤怒與憂鬱，內心的痛苦消磨了他的意志，他不再生氣勃勃，而是變成一個愁苦的人。

有一天，夏綠蒂的父親生病而臥床在家，所以派了一輛馬車接她回去獵莊。那是一個美麗的冬日，剛下過一場大雪，放眼望去，田野裡、山崗上都覆蓋了一層厚厚的積雪，看起來就是一個銀白色的世界。

隔天一大早，維特也趕到了獵莊，為的只是阿爾伯特無法來接夏綠蒂的時候，自己還可以陪她。

郊外的空氣清爽宜人，不過，即使是晴朗的天氣，也很難改變維特陰鬱的情緒。他心裡總是有一些可怕的景象縈繞不去，不斷產生一個又一個痛苦念頭。他自以為是的相信著，阿爾伯特夫婦間和諧、美滿的關係已經出現問題，為此，他不但自責，還暗地裡埋怨阿爾伯特。

他認為，阿爾伯特早就不再對自己的妻子親切、和藹、柔情似水、不再富有同情心，取而代之的是厭倦與冷漠！他自言自語的說道：「任何一件無聊的瑣事，不是都比他可愛的妻子更吸引他嗎？他知道珍惜自己的幸福嗎？唉，她畢竟已經是他的妻子了，她畢竟……」

至於阿爾伯特對自己的態度，維特這麼說著：「他不是早已把對我的友誼拋在腦後了嗎？我清楚的知道，我感覺得出來，他不願意見到我，他希望我走，我在這裡早就是一個不受他歡迎的人。」

但事情的真相是：阿爾伯特始終都是維特剛認識時所尊敬的同一個人，他從來就沒有任何改變。他愛夏綠蒂勝過一切，也為她感到驕傲，認為她是天底下最可愛的女人，也希望別人這麼認為。

而當維特在夏綠蒂房中時，阿爾伯特通常會選擇走開；他這樣做不是出於敵視或對維特反感，而是因為他感覺到，他待在那裡總是會讓維特顯得情緒低落。

到了獵莊，維特正要詢問夏綠蒂和他父親在哪裡時，家裡最大的一個男孩告訴他，瓦爾海姆出了一件大事，一個農民被人打死了！對於這樣一個新聞，維特沒有太大的反應，便直接走進屋子。

這時，夏綠蒂正極力勸阻父親，叫他不要抱病去現場調查這件慘案，何況，目前凶手是誰還不清楚。事情發生在一個寡婦家，死者是寡婦後來雇的長工，而她早先雇用的那個年輕人，是在心懷不滿的情況下離開的，人們推測這件案子可能就是他幹的。

維特一聽，馬上跳了起來，他情緒非常激動，匆忙向瓦爾海姆奔去。他幾乎可以確信，這件事一定是那個愛慕著寡婦、曾經多次與他交談、後來簡直成了他知己的年輕人所為。

全村的人都聚集在小酒館前，正當維特要走過去時，人群突然喧鬧起來。遠遠的，一隊全副武裝的人押著一個人向這邊走來，人們激動的喊著：「抓到啦！抓到啦！」

維特望過去，是他！正是那位愛慕寡婦愛到發狂的年輕人！

「瞧你幹的好事，不幸的人啊！」維特叫嚷著，向被逮捕的人奔過去。

那個年輕人呆呆的瞪著他，然後鎮定自若的說：「誰也別想娶她，她也別想嫁給誰。」

犯人被押進小酒館後，維特才傷心的離去。

這可怕、殘酷的一幕深深震動了維特，他感到心慌意亂，想起過去與這個青年農民交往的情景，再想到他剛才的神情，突然，維特內心產生一種無法抑制的同情和憐憫，以及無論如何也要挽救這個人的強烈欲望。

維特匆匆忙忙的趕回獵莊，一走進房間，發現阿爾伯特也在，情緒頓時低落了下來。但是，他仍然打起精神，慷慨激昂的向法官表達了自己的看法。然而法官卻連連搖頭，責備他不應該袒護一個殺人犯。

這時，阿爾伯特說話了，他完全站在法官那一邊，這麼一來，維特再說什麼也沒有用了。他懷著痛苦的心情走了出去，離開前，法官還

一再的對他說：「不，他沒有救了！」

法官的這句話給了維特多麼沉重的打擊！我們可以從一張維特當天寫下的紙條中看出來，上面寫著：

你沒有救了，不幸的朋友！我知道，我們都沒救了！

※ ※ ※

雪開始消融了。在一個稍稍溫暖的夜晚，夏綠蒂和阿爾伯特步行回城裡時，夏綠蒂東張西望著，似乎是少了維特的陪伴，顯得有些心神不寧。阿爾伯特開始談論維特，在指責他的同時，也不忘替他說幾句公道話。後來，他談到維特對她的熱情，希望可以想個辦法讓他離開。

「為了我們，我也希望這麼做。」阿爾伯特說。

「另外，我請求你，」他接著說，「必須讓他改變一下對你的態度，別讓他總是來看望你。據我了解，已經有人在閒言閒語了。」

夏綠蒂沒有回應，阿爾伯特似乎感覺到她沉默的分量，從此以後再也沒有在她面前提起過維特，甚至在她提到維特時，他會立即中斷談話，或者把話題扯到別處去。

※　※　※

維特想救那個不幸的人卻無能為力，因此，他完全沉浸在極度的痛苦中。特別是，當他聽說法庭或許會傳喚他出庭作證，以證明那個一直否認罪行的年輕人有罪的時候，他都快氣瘋了。

這個時候，過去的一切浮現在他的眼前，生活中遭遇的種種不如意、難堪，以及一切的失敗、屈辱，都在維特的內心上下翻騰。而他

也認為，自己任由奇特的感情、思想以及無休止的渴望所驅使，毫無方向的耗費著生命，既影響了他人的安寧，又讓自己受盡苦難，只會一天天走向可悲的結局。

這裡，我將穿插他遺留的信件。維特的迷惘、熱情和渴望，以及對人生的失望、厭倦，都將從信中得到印證。

十二月十二日

親愛的威廉，我正處於一種坐立不安的狀態中，就像被魔鬼追逐著、四處逃竄的不幸之人。有時我心神不寧，內心湧出一種莫名的狂躁，幾乎將我撕裂、令我窒息！真是太難受了，每當難以自制時，我只好奔出門去。

昨夜我又出去了。這幾天氣候已經轉暖，冰雪正在融化，雪水從瓦

爾海姆方向奔流而來，湧進了峽谷。我面對著深淵，慢慢張開雙臂，我的心對自己說：「跳下去吧，跳下去吧！帶著不幸和痛苦，像奔騰的洪流一樣，勇往直前的衝下懸崖峭壁！」

可是，我無法移動腳步，我沒有結束一切苦難的勇氣！或許是我的時間還沒有到吧！

現在，我又坐在這裡，像一個沿街乞討的老乞丐，每時、每刻不過是苟延殘喘，毫無生命的樂趣。

※※※

自從重回夏綠蒂身邊，這期間，死亡的念頭在維特的心裡越來越強烈，越來越堅定。下面這張從他文稿中發現的紙條，是寫給威廉的信，剛開了頭，沒有寫日期，我們可以從中窺見他動搖和矛盾的心情。

威廉，我的朋友

想到她的存在、她的命運，以及她對我的命運的關切，我乾枯的眼裡擠出了最後的幾滴淚水。

或許該落幕了，讓一切一了百了！但為何還是遲疑退縮呢？是因為不知道落幕後的情景，還是因為預感到，落幕後只有我們一無所知的黑暗呢！

維特想死的念頭一天天接近，他的決心越來越堅定，最後變得不可動搖。下面這封寫給威廉的信，為我的判斷提供了證明。

十二月二十日

威廉，我的朋友，感謝你的友誼，感謝你的了解。是的，你說得對，我真該走了，但我不是要回到你那兒。

無論如何，我還是得再待一段時間，尤其是天氣還有點冷，再過一段時間，道路會好走一些。你說打算來這兒接我，我當然很感激，只是請你把時間延後兩個星期，這期間我可以做很多事，等接到我的下一封信再說吧。

另外，請轉告我的母親，希望她為兒子祈禱，並為我帶給她的所有不愉快，請求她的原諒。

唉，還有那些我本來應該為他們帶來快樂的人，現在我卻注定要讓他們難過了。

別了，我的好朋友，願你得到更多的幸福！別了！

小廚娘的快樂廚房

酪梨的營養價值很高，含有豐富的維生素B群，是很棒的減壓食物。現在，小廚娘就來分享兩道簡單又好吃的酪梨食譜喔！

作法

1 酪梨對半切開，把籽取出。(最好請大人幫忙切比較安全喔！)

酪梨鮪魚吐司

材料

吐司 2 片

酪梨 1 個

水煮鮪魚 1 罐

黑胡椒
少許

鹽巴
少許

橄欖油
少許

美乃滋
少許

2 將酪梨搗碎成泥狀，再加入其他材料一起攪拌均勻。

3 將做好的抹醬抹在烤過的吐司上，就可以享用囉！

酪梨優格果昔

材料

酪梨　半顆

冷凍莓果
半碗

無糖希臘優格
1 碗

蜂蜜
少許

檸檬汁
少許

作法

1 酪梨對半切開，把籽取出。(最好請大人幫忙切比較安全喔！)

2 酪梨切小塊，與其他材料一起打成果昔。如果覺得太濃稠，可以再加入少量的水打勻後飲用。

3 倒入杯中後，可再用檸檬片做裝飾。

貼心小提醒
酪梨取籽的動作具有危險性，請家長協助小朋友處理。

第6章

苦難的結束

在這段期間，夏綠蒂的心情如何？她對丈夫的感情如何？對不幸的維特又如何？我們不能妄下斷語。唯一可以確定的是，現實的情況迫使她必須想辦法讓維特不再單獨與她見面。

聖誕節前的星期日，那晚維特又去探望夏綠蒂，她面帶微笑掩飾內心的困窘，試著提起希望維特在聖誕夜前別來找她。維特聽了有些不知所措。

「拜託你了！」她說：「為了能有個寧靜的生活，答應我吧，再也不能這樣下去了啊。」

維特別過臉，開始在房間裡快步走來走去，嘴裡還喃喃自語著：「再也不能這樣下去了！再也不能這樣下去了！」

夏綠蒂突然覺得自己的話嚇到了他，帶著歉意試圖想要引開話題，但沒有成功。維特憤怒的大聲表示，他永遠不來見她了。她趕緊委婉的解釋，他還是可以來看他們，只是別單獨來找她，別再眷戀著一份

不可能的情感。維特瞪著她，目光中含著憤怒，甚至認為這些都是阿爾伯特教她這麼說的。

星期一早上，他寫了封信給夏綠蒂。這是維特死後，人們在他的書桌上發現的。從行文來看，信是斷斷續續寫完的，我依照它的原樣，分段摘錄出來——

夏綠蒂，我決定了，我要結束自己。寫這句話的時候，我十分平靜。當你讀到這封信時，冰冷的泥土已經掩埋了我僵硬的軀體。在我生命的最後一刻，若有些許的快樂，那就是再見你一面，再和你說說話。我熬過了一個可怕的夜晚，卻也是一個仁慈的夜晚，是它堅定了我的信念！

昨天我離開你時，真是痛苦不堪，往事一一湧上心頭，我猛然意識到一個殘酷的事實：我在你身邊既沒有希望，也沒有歡樂啊……

我回到自己的房間後，便發瘋似的跪在地上，祈求上帝賜給我幾滴淚水，好讓它們滋潤我乾枯的心田。我腦海中翻騰著各式各樣的念頭，但最後只剩下一個堅定不移的想法！我躺下睡了，今早醒來，心情平靜，而那個念頭依然強烈存在著。這並非絕望，而是一種信念！我想，我已經受盡了苦難，是該為你而離開的時候了。是啊，我為什麼要保持緘默呢？我不應該啊！我們三人之中有一個人必須離開，而我願意做那一個！

我開始寫這封信的時候心情很平靜，可是，現在往事生動的展現在眼前，我忍不住哭了，像個孩子似的哭了……

他在房間裡吃完早餐後，騎馬去了法官的獵莊，但是法官不在家。他來到花園，一邊踱步一邊沉思，像是重溫過去的一切，然後再緩緩道別。

小傢伙們卻不肯讓他安靜，他們開心的跑過來，趴在他的背上告訴他：明天的明天，也就是再過一天，他們就可以得到夏綠蒂姊姊的聖誕禮物了。他們還向他描述了想像中的種種奇蹟和驚喜。

「明天的明天！」維特喃喃念著：「再過一天！」隨後，他親吻了每個孩子，準備離開。這時，最小的那個孩子對他說著悄悄話，他說，哥哥們寫了聖誕卡片要給維特，只不過要到新年的早上才能給他。維特很感動，給了每個孩子一點東西，然後讓孩子們代他問候他們的父親，說完便含著眼淚離開。

夏綠蒂這段時間的心情也很複雜。自從那次和維特談話以後，她內心深切的感覺到，要她和他分開是多麼艱難，而維特被迫離開又是多麼痛苦。

這天，阿爾伯特去見住在附近的一位官員，因為有些公事需要辦

理，加上天色太晚，不得不在官員家中過夜。

夏綠蒂獨自坐在房間，思考起目前的處境。她清楚知道自己將和阿爾伯特終身相守，了解丈夫對自己的愛與忠誠，並發自內心的傾慕他，特別是他的穩重、可靠，能夠讓任何一位賢淑的女子享受到幸福的生活，他也是她和弟妹永遠不可或缺的依靠。

另一方面，維特對她來說又是如此可貴。從相識的那一刻起，長時間的來往與共同的興趣、愛好，都在她心中留下不可磨滅的印象。她已經習慣和他分享自己的快樂，如果他真的走了，她一定會感到空虛，而且永遠無法彌補。唉，如果他是自己的哥哥就好了，那麼，她會有多幸福啊！

她希望能把自己的某位女友嫁給他，好讓他和阿爾伯特恢復過去的友誼。但是，她把女友一個個都考慮了一遍，發現她們都有這樣、那樣的缺點，沒有一個配得上維特。

在反覆考慮的過程中，她突然驚覺到自己的心思，竟然暗自希望能把維特留給自己！一想到此，她立刻斷然否認，對自己說這是不可能的，絕不可能！而一向純潔、美麗的心，卻在此刻也變得憂傷起來。

直到六點半，突然傳來一個熟悉的腳步聲，她一下子就聽出是維特來了。她的心第一次感到怦怦狂跳，這是以前維特來的時候從不會有的。她很想叫人告訴他自己不在，但……當他走進房間時，她心慌意亂的大聲說：「你食言了！」

夏綠蒂一直無法鎮定下來，只好急忙派人去請她的幾個女友過來，以免單獨和維特待在一起。這時的她，一會兒希望女友快點來，一會兒又希望她們千萬別來。最後，女僕進來說，她的女友都不能來，請她原諒。

她本來想叫女僕在隔壁做針線活，不過馬上又改變了主意。維特在

房間裡來回踱步，她便坐到鋼琴前，彈起一支法國舞曲，可是怎麼也彈不好。這時，維特已坐在那張老式沙發上，這是他坐習慣了的位置。夏綠蒂定了定神，不慌不忙的坐在他的對面。

「你沒有什麼好書可以朗讀嗎？」夏綠蒂問。他現在的確沒有。她又說：「那邊，我的抽屜裡放著你翻譯的幾首詩，我還沒有讀過，一直希望由你親自朗誦，卻總是找不到合適的機會。」

維特微微一笑，取來那幾首詩。當他看見稿紙上的詩句，身體不由得打了個寒顫，眼裡泛著淚光。他坐下來，朗聲讀起了詩……

兩行熱淚也從夏綠蒂的眼中滾落下來，這讓她心裡感覺輕鬆了一些。維特再也讀不下去了，他扔下詩稿，抓住夏綠蒂的手，失聲痛哭，夏綠蒂則把頭埋在另一隻手上，用手絹捂住眼睛。兩人的情緒異常激動，而詩歌裡主角們的遭遇，更能讓他們體會到自己的不幸！

她哽咽著請求他繼續讀下去，維特渾身顫抖，心都要碎了。他拾起詩稿，斷斷續續的繼續讀著……

幾句充滿魔力的詩，徹底擊垮了維特本已脆弱的心靈。他跌坐在地上，緊緊抓住夏綠蒂的雙手，把它們捂在自己的眼睛上、額頭上。夏綠蒂腦海裡閃過一個念頭，她抓住他的雙手，把它們緊擁在自己的胸口上，激動而傷感的彎下身，他摟住她的身子，把她緊緊的抱在懷裡。

夏綠蒂趕緊站起來，她的身體不停顫抖，心裡慌亂如麻。「這是最後一次，維特，我們真的不能再單獨見面了！」說完，她向維特深情的望了一眼，逃進隔壁房間，鎖上了房門。

維特臨走前，走到隔壁房間的門前，輕聲喚著夏綠蒂，但房間裡沒有任何聲響。他等了又等……最後不得已只好離去，他悲傷的喊著：「別了，夏綠蒂！永別了！」

直到深夜十一點，他才回到家。這一晚，維特睡了很久、很久。第

二天早晨，僕人來送咖啡時，發現他正在寫信。在給夏綠蒂的那封信上，他又寫了一段文字——

最後一次了，我最後一次睜開眼睛，它們即將見不到太陽的光輝，永遠墜入黑暗、迷濛的長夜了。當一個人不得不對自己說「這是我的最後一個早晨」時，他心中的感覺最接近於朦朧的夢。

「最後一個早晨」？夏綠蒂，我真的完全無法理解「最後一個早晨」的涵義！難道此刻還活生生站在這裡的我，明天早晨就要歸於塵土嗎？死亡！死亡意味著什麼？瞧，當我們談到死亡時，往往就像在做夢。

唉，原諒我吧，求你原諒我！為昨天的事。請原諒我吧！

我早就知道你是愛我的。從一開始你對我熱烈的顧盼中，在我們第

一次握手時，我就知道你愛我。

一切都稍縱即逝啊！啊，夏綠蒂，我要先走了，去見我們的天父，我將向祂訴說我的不幸，從祂那裡得到安慰。當你到來的時候，我會奔向你，並緊緊擁抱你，在無所不在的上帝面前，我將永遠和你擁抱在一起，再也不分離。

我不是在做夢，也不是胡言亂語，在即將進入天堂的時刻，我的心中更豁達、更光亮了。我們會再見的，一定會的！

將近十一點，維特要僕人將一張沒有放入信封的便條送去給阿爾伯特，上面寫著：

我打算去旅行，請把手槍借給我用，好嗎？祝萬事如意！

※ ※ ※

夏綠蒂前一晚遲遲未能入睡，千百種情緒交織在一起，把她的心攪得亂糟糟。唉，她猶豫著是否該主動打破沉默，向丈夫坦承這些心情，卻又擔心丈夫是否能明白她的心意，理智的看待這件事而不帶一點成見。另一方面，她一再的想到維特：她無法丟開他，卻不得不這麼做；而維特失去了她，便失去了一切。

這時，維特的僕人進來，阿爾伯特讀了便條，漫不經心的對夏綠蒂說：「把手槍給他。」隨即對維特的僕人說：「祝他旅途愉快。」

一種不祥的預感向夏綠蒂襲來，但是，看見阿爾伯特質疑、逼視的目光，遲疑許久的她，只能極不情願的把槍遞給了僕人。

僕人回到家，走進維特的房間。一聽說槍是夏綠蒂親手交給他的，維特便狂喜的一把奪了過去，然後繼續寫著信。

稍後，維特燒毀了許多信件，還出門處理了幾樁債務。回到家不一會兒，他又冒雨跑了出去，來到已故伯爵的花園，在園中轉來轉去，直到夜幕降臨。回家後他又開始寫信。

威廉，在我最後的一瞥中，田野、森林和天空都已烙印在我的心裡。請你多珍重，也請我的母親原諒我吧！威廉，請你多多安慰她，願上帝保佑你們！我的事情都已料理妥當，請不必擔心。永別了，我親愛的朋友！我們會再見的，到那時我們將永遠在一起，共享無可比擬的快樂時光。

阿爾伯特，請原諒我吧。我破壞了你家庭的和睦，造成你們之間的猜疑和隔閡。永別了，我將親自結束這一切，但願我的離開能為你們帶來幸福！阿爾伯特，讓我們的天使幸福吧！如果你做到這一點，上帝會保佑你的。

已過晚上十一點了！周遭的世界萬籟俱寂，我的心也同樣寧靜。感謝上帝，感謝祢在這最後時刻賜予我如此大的力量。

夏綠蒂，這幅可愛的剪影畫像送給你，請好好珍藏吧，每逢出門或回家，我都會對它揮手告別或致意。

有張紙條是給你父親的，請他埋葬我的遺體。在公墓後面朝向田野的一角有兩株菩提樹，我希望在那兒安息。我想，為了朋友，你父親能夠也願意幫這個忙，也請你替我向他求個情。

是時候了，夏綠蒂！我心中毫無畏懼。我希望穿著我死時的這身衣服下葬，因為你曾撫過它們，它們在我心中神聖無比。關於這一點，我也請求你父親，請別讓人來翻弄我的衣袋。那個粉紅色蝴蝶結是我第一次見到你的時候，你戴在胸前的……後來，你在我生日時把它送給了我，我希望和它葬在一起。

時鐘正敲響十二點！就這樣吧……夏綠蒂，夏綠蒂，別了，永別了！

直至早晨六點，僕人走進維特的房間，才發現他躺在地上，穿著他心愛的衣服：黑色燕尾服、黃色背心、長筒皮靴，身下是一灘血，旁邊還有一枝槍。僕人驚恐的跑來通知阿爾伯特。夏綠蒂聽見急促的門鈴聲，頓時一種巨大的恐懼感襲來，渾身顫抖不已。她叫醒丈夫，兩人連忙起身穿衣。維特的僕人哭喊著跑進他們家，結結巴巴的報告這

可怕的消息。夏綠蒂一聽便昏了過去，阿爾伯特連忙抱住她。

大夫趕到的時候，維特的脈搏還在微微跳動，但四肢已開始僵硬，顯然已經沒救了。我們可以想像阿爾伯特的震驚和夏綠蒂的悲傷，在此就不作描述了。

稍後，法官帶著幾個大一點的兒子匆匆趕來，老人淚流滿面的親吻著垂死的維特，悲痛不已。幾個孩子跪在床前放聲大哭，維特平日最喜歡的那個最大的男孩更是傷心欲絕，一直親吻著維特，不願放手，直到維特嚥下最後一口氣……

當維特的死訊傳遍全城，人們蜂擁而至，幸好法官事先做了安排，才不至於造成混亂的場面。當晚十點過後，法官吩咐工匠把維特葬在他選定的墓地，那

裡可以俯瞰他心愛的峽谷和美麗的田園、山川。幾名工匠抬著維特，法官帶著兒子跟在後面，沒有教士來為他送葬。

阿爾伯特也沒能來，他正為夏綠蒂的生命擔憂不已。

- 故事中的主角，最後令人扼腕的結束了生命，你覺得這樣做恰當嗎？是不是有其他更好、更珍惜生命的做法？請和大家分享。

- 請在底下空白處，試著寫出或是畫出你夢想，然後，和大家討論你要怎麼做才能實現它。

- 請和大家分享你對本書的感想。

- 請和大家分享，當你遇到煩惱或感覺悲傷時，你都怎麼處理。

- 當你看見別人心中有煩惱或是悲傷時，你可以怎麼做？請分享你的做法。

國家圖書館出版品預行編目 (CIP) 資料

少年維特的煩惱 / 約翰 . 沃夫岡 . 歌德 (Johann Wolfgang Von Goethe) 原著 ; 梁羽晨編著 ; Tiya Wu 插畫 . -- 初版 . -- 新北市 : 悅樂文化館出版 : 悅智文化事業有限公司發行 , 2021.09
160 面 ; 23×17 公分 . -- (珍愛名著選 ; 8)
譯自 : Die Leiden des jungen Werther
ISBN 978-986-98796-1-3(平裝)

875.596　　110005785

珍愛名著選 8

少年維特的煩惱

Die Leiden Des Jungen Werther

原　　著　約翰 ・ 沃夫岡 ・ 歌德 Johann Wolfgang Von Goethe
編　　著　梁羽晨
插　　畫　Tiya Wu

總 編 輯　徐昱
編　　輯　巫芷紜
封面設計　周盈汝
執行美編　周盈汝

出 版 者　悅樂文化館
發 行 者　悅智文化事業有限公司
地　　址　新北市板橋區板新路 206 號 3 樓
電　　話　02-8952-4078
傳　　真　02-8952-4084
電子郵件　sv5@elegantbooks.com.tw

戶　　名　悅智文化事業有限公司
郵撥帳號　19452608

初版一刷 2021 年 9 月　定價 280 元

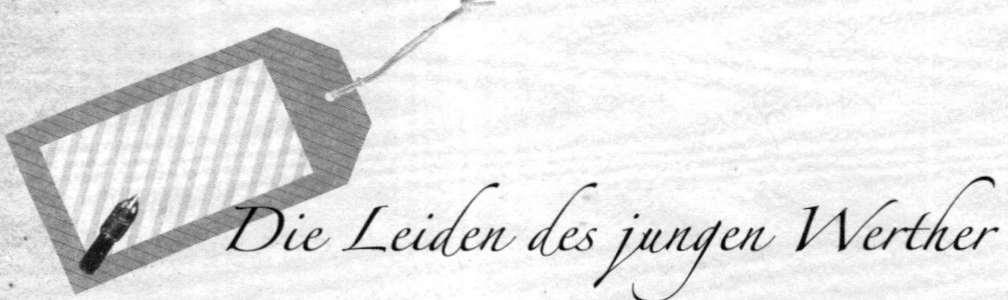

Die Leiden des jungen Werther

Die Leiden des jungen Werther

Die Leiden des jungen Werther

U0038449

Die Leiden des jungen Werther